G. Sabatin

De l'action des eaux minérales

Antigonos

G. Sabatin

De l'action des eaux minérales

Réimpression inchangée de l'édition originale de 1839.

1ère édition 2024 | ISBN: 978-3-38605-698-4

Antigonos Verlag est une marque de Outlook Verlagsgesellschaft mbH.

Verlag (Éditeur): Outlook Verlag GmbH, Zeilweg 44, 60439 Frankfurt, Deutschland
Vertretungsberechtigt (Représentant autorisé): E. Roepke, Zeilweg 44, 60439 Frankfurt, Deutschland
Druck (Imprimerie): Libri Plureos GmbH, Friedensallee 273, 22763 Hamburg, Deutschland

De l'Action

des

EAUX MINÉRALES,

par G. Sabatin,

Docteur en Médecine.

Premier Mémoire.

PARIS,

CHEZ LABÉ, LIBRAIRE,

Rue de l'École-de-Médecine, 4,

ET CHEZ L'AUTEUR,

Rue d'Anjou-St-Honoré, 18.

1839.

SUR L'ACTION

DES

EAUX MINÉRALES,

✺

Premier Mémoire.

———o———

S'il est en médecine, une question qui condamne nos prétentions de savants, ce doit être celle de l'hydrologie - minérale, qui est restée tout entière ce qu'elle était autrefois. Qui oserait dire que nos connaissances physiques, chimiques et médicales sur les eaux minérales sont plus satisfaisantes que celles que l'on avait de temps immémorial. Que nous ont appris les Berseillus, les Arago, les Gai-Lussac, les Anglada, les Darcet, les Longchamp? Que nous ont appris les ouvrages des Alibert, des Pâtissier, des Bourdon; et ceux de tous les médecins-inspecteurs, que nous ont-ils appris? Quand on a dit que la thermalité de l'eau est due à l'action du soleil, à celle d'un principe fermentescible, à l'effet des combinaisons, des décompositions des sels, à une puissance électro motrice, au voisinage des volcans, à l'embrâsement des terrains houillers, au feu central, etc.; quand on a dit tout cela, on a énuméré les théories avec lesquelles on a voulu expliquer la thermalité : mais on n'a pas, le moins du monde, rendu compréhensible le rôle qu'elle joue dans les eaux minérales, *et les roses de 1839, comme celles de 1660 ; lorsqu'elles sont saucées et resaucées dans des eaux minérales* (Mad. de Sévigné), acquièrent, nonobstant la physique, et au point de vue allégorique, beaucoup plus de fraîcheur et d'éclat que lorsqu'elles sont lavées dans l'eau chaude de nos cuisines.

Quand encore on a donné les noms de Conferve, Trémelle, Barégine, Glairine, Pseudo-organique, Végéto-Animal, Sulfuraires, etc., à certaines matières que contiennent les eaux minérales, qu'a-t-on expliqué? Sait-on si c'est à elles ou au sous-carbonate de soude que les eaux doivent leur qualité onctueuse. L'azote aussi qui sort de quelques sources, sait-on s'il est dû plutôt à la décomposition de l'air qu'à la décomposition des matières organiques, et le gaz acide carbonique, sommes-nous bien certains que sa qualité soit dans les sources minérales, la même que dans les laboratoires ? Pourquoi donc ne peut-on dépouiller celui qui sort des sources de Vichy de son odeur empireumatique, alors même qu'on lui fait traverser des bonbonnes d'acide sulfurique ? Pourquoi donc que celui qui est le produit de l'art, bien qu'il soit lavé, lessivé, donne toujours aux eaux artificielles un goût crayeux qui ne se trouve jamais dans celles qui s'obtiennent à St-Alban avec le gaz naturel ? Pourquoi donc que ces eaux artificielles qui sont si gazeuses, ne déterminent que très peu et souvent pas du tout d'ivresse, alors que souvent une verrée d'eau minérale naturelle fort peu gazeuse, d'ailleurs, suffit pour la rendre extrême. Et pourtant ce gaz qui agit sur nos organes d'une manière si différente, agit absolument de la même manière sur la potasse caustique ; il est annihilé, dans tous les cas. Disons-le, quand on a lu, comparé, commenté les analyses et les observations dont on a enrichi nos archives, n'est-on pas découragé de la pauvreté des découvertes que nous devons à la chimie et à la médecine ? Sans doute Anglada, M. Darcet ensuite, M. Longchamp avant eux, tous trois avec des opinions différentes, ont appelé l'attention sur le principe alkalin ; mais en est-il moins évident que ce qui est constitutif de l'eau minérale , n'est pas mieux connu qu'avant l'existence de la chimie, et que les propriétés des eaux minérales ne sont pas mieux interprétées, mieux appliquées maintenant que du temps d'Hippocrate. Ne guérissait-on pas les mêmes maladies qu'aujourd'hui : les dartres, les affections nerveuses, les plaies n'étaient-elles pas traitées avec le même succès. 560 ans avant J.-C. 2199 ans avant M. Petit, n'employait-on pas les eaux alkalines pour dissoudre la pierre : il est vrai, qu'on ne guérissait pas la goutte ; mais sérieusement la guérit-on maintenant?

Quoi qu'il en soit, de notre ignorance trop grande ou de notre confiance trop absolue, les eaux minérales n'en sont pas moins la médication la plus importante que nous possédions. C'est un fait consacré par un usage de tous les temps : c'est un fait reconnu par le monde entier ; car, dans les eaux minérales, on peut le dire, se trouve la seule religion, la seule croyance commune à tous les peuples : Chinois, Indiens, Persans, Africains, Égyptiens, Européens, ont-ils une autre coutume, une autre opinion, un autre Dieu qui ait le privilége d'être commun à tous.

Si donc, les hommes croient à l'action bienfaisante des eaux minérales, si toujours ils ont eu cette même croyance, il devient oiseux de la justifier, même pour chercher à convaincre celui qui aurait des doutes : dans ce cas, on doit de la pitié au scepticisme, rien de plus. Mais si ce moyen que nous possédons de nous guérir, peut être mieux employé, mieux interprété, il importe d'indiquer les cas dans lesquels l'usage qu'on en fait est trop restreint, trop entaché de préjugés, en un mot, trop profitable au charlatanisme et pas assez aux malades.

J'ai dit que les eaux minérales constituaient une médication, je dois dire que leur qualité, comme remède ou spécifique, constitue un mensonge, sinon une erreur.

Si on ajoute que de l'opportunité et de certaines conditions ressortent leurs propriétés, je serai dispensé d'expliquer qu'elles ne peuvent être, par cela même, ni une panacée, ni un moyen infaillible, et pour n'avoir qu'à juger si les médecins-inspecteurs trompent la médecine, ou si les chimistes sont trompés par elle, il ne me restera plus qu'à parler de leurs observations et de leurs analyses.

D'après les uns, toutes les maladies chroniques, curables, se sont guéries avec les eaux, et, d'après les autres, il n'y a pas une source qui ait une minéralisation semblable.

Ainsi, les eaux minérales alkalines guérissent aussi bien les maladies de peau que les eaux sulfureuses; celles-ci, aussi bien les rhumatismes

que les eaux salines ; celles-ci, aussi bien les engorgements, les irritations muqueuses, que les
eaux martiales ; celles qui contiennent beaucoup
de principes minéralisateurs ne guérissent pas
mieux que celles dans lesquelles les chimistes en
trouvent peu, et, enfin, les froides ne sont pas
moins actives que celles qui sont chaudes.

Tout cela, si je ne me trompe, résume ce
qu'on doit déduire de la lecture des rapports et
des ouvrages faits sur les eaux minérales. A moins
de taxer d'imposture tout ce qui a été écrit et
observé, on ne peut avoir une autre opinion, et,
à moins de mettre en question nos connaissances
en chimie, on sera forcé de convenir qu'il y a
autant de différence dans la minéralisation des eaux
qu'il y en a peu dans leur résultat.

Mais, s'ensuit-il de là que l'importance des
eaux minérales soit moins grande, que leur action
soit moins efficace ? Non, certes, ce qui accuse
notre ignorance ne peut, dans aucun cas, con-
damner ce que nous ne connaissons pas ; il importe
de mieux étudier, voilà tout ! Or, des eaux minérales différentes, donnant des résultats semblables et la différence de leur action n'étant point
en raison de la différence de leurs principes minéralisateurs, l'attention du praticien devra porter
moins sur les espèces de maladies qui se guérissent avec les eaux, que sur l'espèce de conditions

sous l'influence desquelles on se guérit aux eaux; moins sur les principes minéralisateurs, puisque nos connaissances chimiques actuelles sont insuffisantes, que sur l'excitation déterminée; moins sur la nécessité de distribuer des malades à toutes les eaux, que sur celle de les étudier tous à une seule source. Quand on sait par cœur son malade et les eaux qu'on lui fait prendre, ce qu'il y a de rationnel dans un traitement devient facile, et ce qu'il y a d'empirique, de dangereux et d'absurde dans un remède, devient impossible.

On le voit, si j'ai accepté tout ce qu'on a dit sur cette matière, je ne l'ai pas fait sans bénéfice d'inventaire, et cet inventaire m'a convaincu que le charlatanisme, le savoir-faire, si l'on veut, avait, à son profit, créé beaucoup de préjugés qui sont profitables à quelques sources, mais nuisibles à beaucoup de malades. Cette opinion n'est pas neuve, car un médecin-inspecteur l'a livrée au public avant moi. Ainsi, à une autorité, qui cherchait à faire revivre des eaux minérales injustement abandonnées, il écrivait : « La réputation d'une source « ou sa fortune ne tient plus comme autrefois à « sa prétendue propriété spéciale, à la protection « d'un grand personnage, à une guérison mira- « culeuse, à de nombreux avantages de localité, « au savoir et au savoir-faire du médecin-inspec- « teur ; tout cela est utile, nécessaire, sans

« doute, mais tout cela est devenu trop com-
« mun. Les 300 sources qui inondent la France,
« ont toutes ces sortes de bénéfices, on n'ose plus
« les faire valoir. Toutefois, si vous voulez ex-
« humer vos thermes, ne dites pas qu'elles gué-
« rissent les rhumatismes ; ce privilége est main-
« tenant acquis à Bourbon-l'Archambaud, à Aix,
« en Savoie, et à toutes les eaux minérales des
« Pyrénées ; ne dites pas non plus que les an-
« ciennes blessures se trouvent bien de l'usage de
« vos bains ; ne le dites pas, parce qu'il n'y a
« plus d'anciennes blessures et qu'il ne s'en fait
« plus de nouvelles ; et puis, dans tous les cas,
« Bourbonne est chargé tout particulièrement du
« soin de guérir les militaires, n'importe leur
« maladie. Ne dites pas davantage que vos eaux
« résolvent les engorgements du foie, de la rate
« ou des reins : ce n'est plus temps ; Lucas a vécu
« pour donner cette propriété à Vichy, et si
« M. Bertrand n'eût jamais existé, les maladies de
« poitrine se guériraient aussi bien, ou pas mieux
« ailleurs qu'au Mont-d'Or. Enfin, pour tout dire
« et en peu de mots, s'il reste encore des réputa-
« tions d'eaux minérales à faire, il ne reste plus
« de maladies à guérir, pas même la goutte.....
« Or, ne comptez pas sur les propriétés spé-
« ciales de vos sources, c'est trop tard ; ne
« comptez guère sur les grands personnages,

« c'est trop commun, c'est comme les beaux
« sites et les savants médecins ; on trouve de ça
« partout, le public n'y fait plus attention.
« Mais, pour votre gouverne, n'oubliez jamais
« que les meilleures eaux minérales sont celles
« qui sont les plus excitantes et les mieux
« administrées : si toutes agissent, leur action est
« beaucoup moins en raison des principes qui les
« minéralisent, qu'en raison de la manière dont
« agit le médecin qui les dirige. »

Ce qui veut dire, à n'en pas douter, que si la
réputation d'une source est plutôt le résultat de
l'art que celui de la raison, sa qualité est nulle
si elle n'est pas excitante, et mensongère si l'excitation déterminée est mal interprétée.

Quoi qu'il en soit, que les réputations faites se
conservent, et que celles à faire ne soient point
empêchées, c'est ce à quoi nous devons travail-
ler, non pour les eaux, mais seulement pour les
malades. Or, puisqu'en prenant, au hasard, les
sources qui jouissent du bénéfice de la vogue et
celles qui en sont privées, on est frappé de la
différence de leur fortune, mais non de celle des
maladies qu'elles guérissent ; puisque en définitive,
les eaux, tout en déterminant des effets différents,
produisent un résultat semblable, un résultat
commun, qui est l'excitation, il ne faut donc pas
chercher ailleurs la médecine des eaux minérales,

et certes ce n'est pas la rapetisser, ni porter atteinte au mérite des médecins-inspecteurs qui ont à ménager, à diriger cette puissance essentiellement médicale. Avec l'excitation, on obtient la dérivation qui, lorsqu'elle a lieu sur nos deux vastes surfaces, la peau et la muqueuse, devient le remède le plus efficace, le seul qui mérite le nom de spécifique. Il n'est rien, dans nos matières médicales, qui ait mieux que les eaux minérales, si elles sont rationnellement employées, la propriété d'exciter sans irriter, celle de dériver le principe du mal, on peut le dire, en le répartissant; et diviser, en médecine comme en dynamie, on le sait : c'est détruire. Qui comprend ce point de l'hydrologie minérale, sait être médecin d'un établissement, et cela n'est pas facile, quoiqu'on en pense. Ainsi, les eaux qui déversent sur la peau de l'excitation, ou qui l'épandent sur nos muqueuses, qu'on me passe ces termes, seront les meilleures eaux minérales, et on n'aura plus, pour les débarrasser de l'empirisme et du charlatanisme, qu'à les classer d'après leur manière de se comporter, non pas dans les creusets des chimistes, mais bien dans l'estomac des malades. J'en appelle à la bonne foi de tous ceux qui ont étudié les eaux sur les lieux et les malades aux eaux; n'est-ce pas à ce point de vue qu'on doit placer les difficultés à vaincre et les erreurs à éviter. Au surplus, les efforts tentés, dans cette voie nouvelle, pourraient-ils être repréhensibles ? Un seul danger, il est vrai, est à craindre : celui de ne pas rencontrer la vérité. Dans ce cas, la crainte vaut mieux que la certitude acquise à ceux qui l'ont cherchée autrement. Je dois donc continuer :

Or, comme il faut agir avec les célébrités, de la même manière qu'avec les préjugés, c'est-à-dire qu'il ne faut toucher à leur religion qu'en dernière analyse ; je choisirai, pour justifier ou modifier mes opinions sur les eaux minérales, non pas les sources qui ont une vogue despotique et des médecins despotes, mais tout modestement celles qui ont une réputation et des médecins sans prétentions.

A St-Alban donc, à Bourbon-Lancy, à St-Honoré, d'abord, j'appellerai l'attention de mes confrères ; je leur dirai ce qui s'y passe, sur quoi l'on peut compter, je laisserai aux chimistes le soin de dire si l'on peut compter sur eux, et aux inspecteurs comment on peut compter avec eux.

St-Alban, de même que les deux autres sources, est à peine connu ; c'est un établissement nouveau comme sont nouvelles la plupart des découvertes qui ne sont telles que parce qu'elles ont été oubliées. Je tiens peu, du reste, pour mon compte, que son histoire soit ornée de faits accessoires à ce que j'ai à en dire : on y trouve des sources qui sont très actives, cela importe; elles sont très abondantes, cela suffit. Toutefois, comme les choses ne sont, ainsi que les hommes, recommandables pour certaines personnes, que parce qu'ils sont recommandés, je dirai qu'un des membres de la commission, qui fut nommé par la Société de médecine de Lyon, à l'effet d'étudier sur les lieux les eaux minérales de St-Alban, le 15 avril 1835, s'exprimait ainsi pour rendre compte de sa mission :

« Il existe, à moins d'une journée de Lyon et
« de St-Etienne, des sources d'eau minérale qui
« sont certainement appelées, à juste titre, au
« degré de réputation dont jouissent les eaux
« de Vichy et du Mont-d'Or. Ces sources, qui se-
« ront probablement un jour le Spa de la France,
« sont celles de St-Alban, près Roanne, départe-
« ment de la Loire : depuis plusieurs années, elles
« sont visitées par un grand nombre de malades
« qui se louent beaucoup des heureux effets qu'ils
« ont obtenu. »

Faut-il ajouter que MM. Orfila et Soubeiran ont fait l'analyse de ces eaux, qu'ils ont constaté une grande quantité de gaz acide carbonique, des bi-carbonates de soude, de magnésie, de chaux et de fer; rien de plus.

Faut-il dire encore, pour ceux qui ne croient

qu'à la vertu des anciennes eaux, que deux grandes piscines bien conservées, avec moulures et gradins *Albanorum opus*, et ciment, sont là pour l'admiration des antiquaires et l'étonnement des médecins qui ne comprennent guère des bains à 18 degrés centigrades.

Faut-il dire, enfin, qu'après de grands efforts on a pu nettoyer les sources, les débarrasser d'une quantité considérable de matériaux qui les salissaient et les altéraient, et que les travailleurs ont trouvé plus de 500 médailles dans le fond des puits, et que ces médailles, qui appartiennent à tous les âges, offrent aux numismates le plus grand intérêt et aux philosophes le plus grand embarras : en effet, comment expliquer leur immersion dans ces sources? Mais laissons-là ces digressions qui sont de l'histoire et non pas de la médecine.

J'ai dit ce que contenaient ces eaux, d'après l'analyse faite par MM. Orfila et Soubeiran; je vais dire, d'après M. le docteur Goin, ce que sont leurs propriétés physiques et médicales.

Enfin, d'après ce que j'ai vu, je ferai l'énumération des maladies qui se guérissent à St-Alban, et ce que j'aurai fait pour les sources de cette localité, je le ferai pour les deux autres. On aura à dire ensuite si connaître la composition chimique d'une source, c'est devancer l'expérience, comme dit Bergmann , si l'on peut préjuger les propriétés d'après l'analyse et l'analyse d'après les propriétés; si , dans leurs qualités , alkaline saline et sulfureuse , il y a des indications ou des contre - indications au bénéfice ou au préjudice des unes et des autres.

Propriété physique des Eaux minérales de St-Alban.

« Cette eau est limpide , elle n'a point d'odeur ;
« sa température est constamment de 15 degrés
« Réaumur; le froid , la chaleur , quels qu'ils
« soient , ne la font jamais varier : les surfaces
« sur lesquelles elle coule sont couvertes d'un
« sédiment ocracé , qu'on distingue encore à cinq
« cents mètres des puits.

« Bue à la source , elle est piquante et a un ar-
« rière-goût austère ; exposée au soleil, elle blan-
« chit promptement et se couvre d'une pellicule
« nacrée; puis d'acidule qu'elle était , elle de-
« vient onctueuse et saline.

« Au pourtour des puits , il se ramasse une
« assez grande quantité de matières organiques ,
« espèce de substances comme membraneuses ,
« de texture serrée et compacte qui , lorsqu'elle
« est ancienne , acquiert un peu de résistance
« dans le sens de la longueur des fils : cela est

« sans odeur, un peu fadasse, et doux au toucher.

« Le gaz acide carbonique libre sort des trois
« sources d'une manière bruyante : continuelle-
« ment de grosses bulles montent, crèvent à la
« surface de l'eau et l'agitent plus violemment
« que si elle était soumise à une forte ébullition.

« A l'approche des orages, ou pendant les
« grandes chaleurs, on remarque que les bouil-
« lonnements sont plus gros et plus nombreux ;
« ils projettent l'eau hors des fontaines avec plus
« de violence : les temps humides agissent en
« sens inverse. Ce fait doit être, sans aucun
« doute, commun à toutes les eaux minérales
« dans lesquelles il se trouve des gaz libres.

« Ce qui encore ne doit point être particulier aux
« sources de St-Alban, c'est le rapport qui existe
« entre l'émission du gaz en plus ou en moins, et
« les variations horaires du baromètre produites,
« comme on le sait, par le mouvement régulier
« d'oscillation de l'atmosphère. Je ne sache pas
« qu'il soit fait, nulle part, mention de ce phé-
« nomène remarquable : quoi qu'il en soit, je
« l'indique comme devant offrir quelque intérêt. »

Propriétés Médicales.

« Ces eaux sont très apéritives, et surtout diu-
« rétiques. Les premiers jours, cet effet est géné-

« ral , tous les buveurs l'éprouvent : c'est la pé-
« riode d'excitation , elle est une pour tout le
« monde. Celle de surexcitation, qui vient ensuite ,
« au second septénaire à peu près , est difficile à
« bien déterminer , résultante qu'elle est de l'idio-
« syncrasie de chaque individu ; rarement elle est
« la même chez plusieurs malades : ceux-ci sont
« tourmentés par l'insomnie ou par un besoin im-
« périeux de dormir ; ceux-là , par une forte trans-
« piration ou une grande sécheresse de la peau ;
« les uns sont constipés ou ont la diarrhée , les
« autres accusent des palpitations , des bourdon-
« nements ou battements dans la tête , nomment
« toutes les céphalalgies ; quelques-uns éprouvent
« des maux d'estomac ou se plaignent de coli-
« ques ; enfin , tous sont manifestement en de-
« hors de l'état naturel, et ces phénomènes , qui
« préludent toujours à un autre état qui est en-
« core anormal , sont, quant à leur durée et leur
« multiplicité , en raison des conditions sous les-
« quelles les malades font usage des eaux mi-
« nérales.

« Dans tous les cas, le produit de cette période,
« qui mériterait d'être nommée période d'incuba-
« tion , est toujours une éruption de boutons
« qui a lieu plus ou moins promptement et avec
« plus ou moins de force.

« Le plus grand nombre des malades éprouvent

« un prurit qui précède ou accompagne cette
« éruption. Il est souvent intolérable, quelques-
« uns n'en sont que peu tourmentés ; mais alors
« les boutons, au lieu d'être miliaires, sont rares
« et très gros, rouges et acuminés.

« Il est aisé de comprendre que le mode d'ac-
« tion des eaux de Saint-Alban, dans cette période,
« doit apporter dans le système nerveux et vas-
« culaire une heureuse perturbation. Aussi est-ce
« dans la période d'excitation que se trouve tou-
« jours la mesure des avantages que les malades
« doivent attendre de l'usage des eaux ; si elle
« n'est point contrariée ou traversée par des temps
« humides et froids, ou, ce qui arrive plus or-
« dinairement, par des imprudences, des écarts
« de régime, une gouverne enfin qui brise à
« chaque instant avec la diététique ; cette période,
« dis-je, conduit promptement et franchement
« à celle de surexcitation, et alors se trouve mis
« en jeu un autre ordre de phénomènes que les
« principes minéralisateurs indiqués par l'analyse,
« ne justifient pas toujours, et que ne rendent pas
« les expressions de médications perturbatrices,
« toniques, stimulantes, excitantes, générales ou
« spéciales. Ces phénomènes ont cela de parti-
« culier, qu'ils se manifestent constamment et avec
« une certaine violence sur toutes les parties qui
« sont ou qui ont été le siége de quelques plaies,

« de quelques cicatrices, de quelques douleurs,
« de quelques irritations. C'est dans cette seconde
« période que tout ce qui est affection ancienne
« revêt un caractère d'acuité; une fièvre locale
« s'allume dans tout ce qui est engorgement ou
« inflammation chronique. Un prurit souvent
« intolérable s'établit sur toutes les parties de la
« peau affectée par des dartres, les plaies se dé-
« tergent et suppurent plus abondamment, puis
« apparaît une éruption générale, qui n'a de com-
« mun avec la poussée ordinaire que le nom; alors
« les scrofules, les engorgements froids, certaines
« congestions qui ordinairement s'éternisent, re-
« çoivent une impulsion que l'on peut dire phy-
« siologique, et l'on voit s'amender tout d'abord
« ce qui est sub-inflammation, ce qui est vieux
« foyer pathologique. Les changements les plus
« favorables surviennent dans l'état de ces femmes
« qui vivent avec les inquiétudes, les dangers
« d'une menstruation qui doit s'établir ou cesser,
« qui est irrégulière, difficile ou douloureuse;
« les fluxions hémorrhoïdales se dissipent après
« avoir été toutefois stimulées ou rappelées, et
« enfin se décide la guérison de toutes ces douleurs
« à cause métastatique, de toutes ces inflamma-
« tions qui portent le stigmate d'un vice scrofu-
« leux, herpétique ou syphilitique. La plus grande
« partie des maladies de la peau subissent aussi

« une modification qui tourne si constamment à
« l'avantage des malades, que l'on croit devoir
« regarder les eaux minérales de St-Alban comme
« étant un anti-dartreux spécifique.

« Il importe de noter ici qu'en remuant nos
« organes de la sorte, les eaux minérales de
« St-Alban ne peuvent pas être une panacée uni-
« verselle. Il est évident qu'elles doivent être con-
« traires à toutes les désorganisations de la poitrine
« et au ramollissement du cerveau ; elles ne peu-
« vent que nuire à toutes les inflammations qui
« ont trop altéré les muqueuses et les séreuses.
« On sait d'ailleurs que dans la plus grande
« partie de ces cas le sommeil des irritations, des
« adhérences, des cicatrices et des ramollisse-
« ments constitue la vie des malades et que le
« régime seul leur empêche de mourir.

« Quand au contraire les organes affectés peu-
« vent supporter une secousse, quand ils peuvent
« servir de point d'appui, pour ainsi dire, à une
« puissance de réaction, on peut tout attendre
« de ces eaux.

« Maintenant, qu'on trouve rationnel ou non
« d'expliquer leurs effets par les principes qui les
« minéralisent, qu'on nomme leur action spéciale
« ou spécifique ; qu'on dise que c'est en activant
« les capillaires qu'elles régularisent les circula-
« tions et qu'elles impriment à nos organes une

« énergie toute physiologique ; que ce soit avec
« des mots ou des opinions que l'on rende leur
« action, un fait n'en existe pas moins, c'est
« qu'on les emploie avec le plus grand succès
« contre tous les vices qui appauvrissent les tem-
« péraments et qui altèrent l'organisme ; c'est
« qu'elles conviennent d'une manière toute parti-
« culière pour combattre l'exagération de la pré-
« dominance des systèmes nerveux, sanguin et
« lymphatique ; *c'est qu'enfin elles agissent*
« *toujours très activement là où il existe une*
« *condition pathologique.* Cela doit évidemment
« rendre précis les cas dans lesquels on peut les
« employer. »

Précis sans doute puisqu'elles nuisent à toutes
les inflammations qui ont trop altéré les muqueuses et les séreuses, ou qu'en d'autres termes
elles sont favorables à toutes les maladies curables.

Mais soit : dans ce sens absolu nous trouvons tout
autre chose qu'une épigramme ; car, pour nous, les
maladies, quand elles sont chroniques, se trouveront toujours mieux, toutes choses étant égales
d'ailleurs, d'un traitement avec les eaux qu'avec
d'autres médicaments, et si l'on considère ce qu'il
faut de temps, de patience, de résignation, par
exemple, pour traiter les affections nerveuses ou
pour en être traité autre part qu'aux eaux, au-

trement qu'avec les eaux, on nous concédera que si elles ne sont pas, dans la plupart de ces cas, des spécifiques, elles sont au moins une bien grande ressource. En vain nous dira-t-on que les ramollissements du cerveau et de la moëlle épinière desquels ressortent quelques-unes de ces maladies, sont ou peuvent être aggravées par les eaux? On demandera alors par quoi ils ne le sont pas. Si donc les eaux minérales, j'oublie que je n'ai à parler ici que de celles de St-Alban, si donc celles-ci sont favorables aux affections nerveuses, disons ce que nous avons vu d'important.

AFFECTIONS NERVEUSES.

Les premiers jours, à toutes il est vrai, elles sont favorables, c'est l'effet de l'action diurétique; bientôt après, la crise se prépare, elle éclate, et dans l'histérie, l'hypocondrie, la catalepsie, l'épilepsie, elle est surtout remarquable.

J'ai vu des épileptiques prendre, alors, au lieu d'une attaque par semaine, cinq et plus par jour: après l'usage des eaux, ces malheureux retrouvaient la tranquillité la plus grande, la quiétude la plus complète, qui donnaient au médecin l'espérance et aux malades la certitude d'une guérison.

Il existe encore à St-Alban un logeur qui tenait une maison de santé pour les épileptiques: il s'était acquis une réputation de guérisseur spécial, on lui attribuait des rapports avec les esprits infernaux; aussi son grand remède consistait-il à s'emparer préalablement de celui de ses malades; c'était bientôt fait : on sait que les épileptiques sont presque toujours dans un état d'ébétude. Quoi qu'il en soit, il prononçait des mots mystérieux, qui avaient un sens qui l'était davantage, puis il arrivait à dire : Croyez cela et buvez de l'eau, puis les attaques se multipliaient, puis le guérisseur exorcisait et la cure s'en suivait.

M. le docteur Carteron, de Mâcon, avait, en 1835, envoyé à St-Alban, un hypocondriaque, qui depuis longtemps était tourmenté par la monomanie de se suicider, il y avait eu plusieurs commencements d'exécution.

L'effet des eaux, les premiers jours, fut pour lui un véritable bonheur; mais peu après tout fut changé, la vie lui devint insupportable, une surveillance active lui devint nécessaire, surtout dans le moment où la poussée voulut éclore. J'ai revu ce malade et son médecin ordinaire, l'un et l'autre m'ont assuré que le mieux, depuis deux ans, s'était toujours soutenu.

L'année dernière, deux cataleptiques, dans le même moment, prirent les eaux : l'une d'elle, au huitième jour, eut à subir plusieurs attaques dont elle fut victime; la seconde, beaucoup mieux surveillée, et dans des conditions plus favorables, retira un très grand bien des eaux ; je la dirais guérie si je croyais aux guérisons que le temps n'a pas sanctionnées.

J'ai à noter encore qu'une jeune fille de dix-huit ans, venue aux eaux pour cause de menstruations rares et douloureuses, eut trois attaques de catalepsie, du dixième au quinzième jour : ses parents consultés sur les antécédents de leur fille, apprirent qu'à l'âge de huit ans, elle en avait eu plusieurs fois de semblables.

Je constate ici que les eaux minérales ont souvent pour effet de réveiller en sursaut, pour ainsi dire, des maladies qui avaient été oubliées depuis long-temps par les malades et les personnes de leur entourage. Ce résultat n'est jamais préjudiciable, il n'est que fugitif.

Les gastralgies, qui semblent si communes maintenant, sont traitées à St-Alban avec le plus grand succès ; les soins de l'inspecteur consistent à suspendre l'usage des eaux les jours que le malade est fatigué. On sait que dans ces maladies il y a plus encore que dans les autres, une intermittence manifeste. Or, les mauvais jours, pour conserver les expressions usitées à St-Alban, on s'abstient des eaux, elles sont nuisibles, ou comme on le dit encore, elles empêchent les bons effets à venir : le plus ordinairement, on les fait boire en mangeant, ou le soir, dans les moments où l'exercice, les impressions du jour ont déterminé une certaine excitation. En somme, il faut que l'estomac soit ou distrait ou bien disposé, afin que l'action de l'eau ne soit point entravée.

Dans ces cas principalement, l'attention, l'habileté, l'opportunité sont indispensables.

Mes eaux, disait Lucas, de Vichy, dégagent l'inconnu.

Les eaux de St-Alban, dit M. Goin, ont une puissance excentrique, elles agissent de dedans en dehors; si ces formules contiennent des idées différentes, le résultat n'en est pas moins le même, il est surtout évident dans les maladies nerveuses; et ce qu'elles ont souvent d'incompréhensible, se traduit par une très grande excitation des muqueuses avec les premières eaux, par la poussée avec les secondes, et cela après que les unes et les autres ont préalablement ravivé les vieux foyers pathologiques.

DE LA PLÉTORE.

La polyœmie, cet engoûment des vaisseaux capillaires sanguins qui donne lieu à des congestions, à des fluxions à caractères périodiques, a aussi un traitement particulier : il consiste à atténuer la réaction de l'eau qui se boit, dans ces cas, par intermittence d'une huitaine de jours; l'action diurétique est alors seulement utile, du moins on le prétend. Quoi qu'il en soit, les eaux deviennent un véritable antiphlogistique, qui procure aux pléthoriques un bien-être complet.

MALADIE SYPHILITIQUE.

Les affections syphilitiques chroniques se guérissent constamment à St-Alban, quel que soit la forme sous laquelle elles se manifestent. J'ai vu de véritables diathèses syphilitiques céder à l'usage rationnel des eaux; j'ai pu m'assurer que les blennorrhées étaient presque toujours rappelées à leur état aigu, et que les accidents auxquels elles avaient donné lieu, disparaissaient. Ces maladies, qui ont exercé la sagacité de tant de médecins et la résignation de tant de malheureux, si elles sont à l'état chronique, ne peuvent être, dans aucun cas, jamais mieux traitées qu'avec les eaux minérales; lorsqu'il s'agit de combattre les accidents mercuriels surtout, le traitement est héroïque. Mais il n'est tel que lorsqu'on sait l'approprier au délabrement ordinaire des malades : j'ai pu observer quelques revers, mais toujours ils étaient le résultat d'imprudences ou d'accidents. Les effets des eaux peuvent être empêchés, ils ne sont jamais nuisibles.

Se lessiver, à St-Alban, c'est boire peu et souvent, c'est une méthode à l'usage des syphilitiques ; et contrairement à ce que l'on devrait pressentir, les eaux n'en agissent pas moins activement. Aūssi dit-on, pour l'eau que l'on boit, comme prover-bialement de la nourriture que l'on mange : Ce n'est pas ce que l'on ingurgite qui guérit ou qui nourrit, c'est ce que l'on digère : nul doute pour moi que l'inondation n'est ni rationnelle ni utile, dans aucun cas.

MALADIES DE LA PEAU.

Aucune source, plus que celle de St-Alban, n'a la réputation de mieux guérir les maladies de la peau, et nulle part mieux qu'à St-Alban, ces maladies ne se guérissent. Il est bien entendu que nous attribuons les guérisons à un traitement et non à un remède ; il est bien entendu que le mot générique de dartres ne peut comprendre dans ce sens toutes celles qui sont incurables, telles que l'acné congéniale, le porrigo favosa, le psoriasis invétérata, le noli me tangere, qui sont encore curables, si on le veut absolument, ne fut-ce qu'au bénéfice du charlatanisme. Dans l'opinion de M. Goin, les guérisons de ces maladies sont bien restreintes et devraient l'être davantage encore dans l'intérêt des dartreux, qui paient souvent de leur santé l'effet des remèdes spécifiques. Voici comment il explique tout à la fois la réputation antipsorique des eaux et leur action psorique.

« Plusieurs maladies de la peau , celles princi-
« palement qui affectent la figure , telles que
« l'acné , le porrigo larvalis , la mentagre , l'im-
« pedigo figurata , et certaines variétés du pso-
« riasis disparaissent constamment à St-Alban.
« Comme ces guérisons sont ostensibles , chacun
« en parle à tout venant : de là , l'inévitable répu-
« tation qu'ont acquise ces eaux minérales de
« guérir toutes les maladies de la peau.

« Ce qui aussi contribue beaucoup à faire croire
« à quelques personnes qu'il ne vient à St-Alban
« que des dartreux , c'est le besoin impérieux
« de se gratter que chacun éprouve dans la période
« d'incubation , et que chacun est forcé de satis-
« faire : à voir le plus grand nombre des buveurs
« dans ce moment , il est difficile de s'imaginer
« qu'ils ont autre chose que des dartres.

« Il arrive même quelquefois que des malades
« quittent les eaux en anathématisant St-Alban ,
« où ils croient avoir pris la gale. En effet ,
« surpris par la poussée et le tourment d'une
« démangeaison un peu vive , ils fuient sans
« qu'aucun raisonnement puisse les dissuader. »

Ainsi , voilà les eaux de St-Alban qui ont une réputation de spécifique contre les maladies de peau , et qui , en définitive , ne sont ni sulfureuses , ni plus favorables contre les dartres que contre les autres maladies ; la manière de les employer fait leur spécialité et l'excitation qu'elle cause constitue toute leur vertu. Sans doute , on aura à m'objecter que cette excitation que je prête à toutes les eaux minérales les différenciera , leur laissera toujours leur valeur spéciale; si elles portent plus particulièrement sur tel organe que sur tel autre , il s'en suivra toujours que les poumons et le foie se trouveront mieux au Mont-d'Or et à Vichy ; je conviens que toute spécieuse que me paraisse cette objection , je serais dans l'obligation d'y répondre si déjà il n'avait été dit que toujours les eaux minérales agissent très activement là où il existe une condition pathologique. Or, tous les praticiens ont eu à traiter à d'autres eaux qu'au Mont-d'Or et à Vichy, des pneumonies et des hépatites chroniques ; tous ne se sont-ils pas assurés que ces maladies subissaient la même modification , par cela même que l'organe affecté devenait , après que les effets primitifs de l'eau étaient passés , le siége de son action. J'ai pu voir des catarrhes , des engorgements traités avec succès à ces sources célèbres ; j'ai pu voir des maladies semblables, à d'autres eaux, notamment à Saint-Alban , je confesse que les guérisons n'étaient ni miraculeuses ni autre chose que le résultat de l'excitation : je le confesse non pour être hostile aux préjugés, mais seulement pour recommander encore cette opinion que M. Léon Marchand a rendue déjà si importante, si puissante.

En Allemagne, le traitement par les eaux minérales est mieux compris qu'en France; s'il est dépendant de la vogue, il l'est aussi de la raison. Ce qu'il y a de Panurge est déguisé par une méthode qui est judicieuse; elle consiste à varier les eaux minérales, dans les maladies chroniques, comme nous varions les tisanes dans les maladies aiguës.

Cela me conduit à dire que, si les eaux les plus excitantes sont les meilleures, celles que l'on boit sans dégoût sont les plus salutaires. Si les chimistes croient à la saturation, il importe au médecin de croire à la digestion; sans elle, le meilleur moyen devient contraire, sans elle, les maladies les plus légères s'aggravent; avec elle les plus invétérées se guérissent.

Il faut passer quinze jours à Carlsbad, quinze jours à Pyremon pour comprendre ce que vaut la méthode allemande, et si Carlsbad et Pyremon ont, en France, leurs congénères, ce doit être St-Alban et Bourbon-Lancy.

Dans ce moment, où le bénéfice de l'alcalinité vient de recevoir une sanction académique, ce serait être réfractaire que d'avoir des doutes : aussi *je le crois, puisque vous le dites.* Cependant, il me semble que l'effet le plus important d'une eau minérale est celui qui modifie, non pas le résultat du mal, mais le mal lui-même, et si j'admets, avec soumission, que l'alcalinité est de la lithotricie sans bruit, j'admets, sans restriction, que le modificateur des reins sera préférable à celui de la pierre. Reste à débattre si les eaux purement alcalines, seulement alcalines, sont de meilleurs lithotriteurs que celles qui sont alcalines toujours, mais diurétiques particulièrement. Il est vrai que l'acidité, pour certains dentistes, est une maladie des dents, de même que pour les nourrices c'est une maladie du lait ; et viennent les savons odontalgiques, les bi-carbonates de soude, et les dents sont guéries, et les nourrissons ne vomissent plus. Mais la médecine, pour nous, ne se réduit pas à la symptomatologie : l'ignorer serait de l'ingratitude ; nos maîtres nous ont appris mieux que cela : parmi les dentistes même, il en est qui en savent plus aussi. La pratique de l'un d'eux nous en fournit une preuve. Que la superbe des célébrités se rassure, il ne s'agit pas d'un arracheur de dents ; M. Lefoulon ne fait pas descendre ceux qui lui prêtent leur attention, il s'élève jusqu'à eux. D'ailleurs, l'ortodontosie[1] qu'il

---

[1] L'ortodontosie est le redressement des dents enchevétrées, renversées, déviées ; ce redressement a toujours lieu au bénéfice des os maxillaires qui acquièrent, sous l'influence du traitement, un plus grand développement et une conformation régulière.

a créée, l'a grandit assez, il est au niveau des bon-
nets d'Hippocrate. Si donc l'aréopage n'avait pas
jugé en dernier ressort, la pratique de M. Lefoulon, disons-nous, serait une réponse à l'alcalinité
quand même, car il emploie, de préférence, les
eaux de St-Alban, qui sont moins alcalines et
plus diurétiques que celles de Vichy, par cette
raison seule que l'acidité, d'après lui, doit se
guérir dans l'estomac et non pas dans la bouche,
contrairement à ce que l'on fait pour les graviers
que l'on guérit dans la vessie et non pas dans les
reins.

En résumé, classer les eaux d'après leurs principes minéralisateurs, c'est tromper les médecins,
puisque salines, sulfureuses, alcalines ou ferrugineuses, en tant qu'elles sont excitantes, elles guérissent toutes les mêmes maladies. Si au contraire on
classe les eaux d'après la qualité de l'excitation
qu'elles déterminent, on trouve alors qu'elles sont
ou non excitantes, qu'elles le sont peu ou beaucoup. On trouve encore que la préférence des unes
aux autres ne se comprend pas, si cette préférence
n'est basée sur le plus ou moins d'excitation ;
encore reste la formule proverbiale : qui peut le
plus, peut le moins ; en sorte que les plus excitantes seront toujours les meilleures, celles avec
lesquelles on obtiendra le plus de succès ; et ce que
nous avons vu à St-Alban, ce que nous avons

observé dans le cabinet du médecin-inspecteur où il se fait une véritable clinique, nous a convaincu que la peau, les nerfs, les capillaires sanguins et lymphatiques, les tissus osseux, parenchymenteux, muqueux, etc., devenaient toujours le siége de l'action de l'eau quand ils étaient celui du mal, et que les vieux foyers pathologiques n'obéissaient à un mouvement physiologique qu'autant qu'ils étaient ravivés, excités dans certaines conditions. Ce que nous avons vu et observé à St-Alban, est précis et se résume en ces termes : excitation primitive sur les reins et les organes urinaires, la peau et la muqueuse; excitation consécutive sur les organes malades; guérison des maladies chroniques de toute espèce, de toute nature; guérison commune, très rationnelle, jamais spéciale ni miraculeuse, obtenue toujours avec les eaux considérées comme médication et jamais avec les eaux considérées comme remède, comme spécifique. Ce qui se passe à St-Alban où les eaux sont alcalines et ferrugineuses, nous le comparerons à ce qui se passe à Bourbon-Lancy où les eaux sont salines, et à St-Honoré où elles sont sulfureuses : nous appellerons l'attention des médecins sur ces établissements comme nous l'avons fixée sur celui de St-Alban.